Esta é uma publicação Principis, selo exclusivo da Ciranda Cultural.
© 2024 Ciranda Cultural Editora e Distribuidora Ltda.

Título da obra original
Dracula

Autor da obra original
Bram Stoker

Editora
Michele de Souza Barbosa

Edição de Quadrinho
Daniel Esteves

Revisão
Audaci Junior

Diagramação
Larissa Palmieri

Roteiro
Caroline Favret
Caru Moutsopoulos

Desenhos e arte-final
Wanderson de Souza

Cores
Al Stefano

Balões
Caroline Favret

Dados Internacionais de Catalogação na Publicação (CIP) de acordo com ISBD

S874d   Stoker, Bram.

Drácula - HQ / Bram Stoker. - Jandira, SP : Principis, 2024.
96 p. il.; 15,50cm x 22,60cm. - (Clássicos em quadrinhos)

ISBN: 978-65-5097-236-3

1. Histórias em quadrinhos. 2. Terror. 3. Romance. 4. Vampiro. 5. Medo. 6. Cartas. -I. Título. II. Série.

2024-2023

CDD 741.5
CDU 741.5

Elaborada por Lucio Feitosa - CRB-8/8803

Índice para catálogo sistemático:
1. Histórias em quadrinhos 741.5
2. Histórias em quadrinhos 741.5

1ª edição em 2024
www.cirandacultural.com.br
Todos os direitos reservados.
Nenhuma parte desta publicação pode ser reproduzida, arquivada em sistema de busca ou transmitida por qualquer meio, seja ele eletrônico, fotocópia, gravação ou outros, sem prévia autorização do detentor dos direitos, e não pode circular encadernada ou encapada de maneira distinta daquela em que foi publicada, ou sem que as mesmas condições sejam impostas aos compradores subsequentes.

ACHEI QUE TINHA VISTO...
...ALGUMA COIS--
CHIIII
CHIIII
QUIIIII
QUIIIII
CHIIII
CHIIII

FUU
FUUU

CORRAM, HOMENS!
SAIAM, SERES IGNÓBEIS!
AU
GRRRRRRR
AU
QUIIIII
AU
QUIIIII
CHIIIII
ÓTIMO PLANO B, ARTHUR.
GRRRRRR
CHIIIII
QUIIIII

— JONATHAN, RÁPIDO!
QUANTAS CAIXAS RESTARAM?!

— NÃO VEJO MAIS NENHUMA!

— DEVERIAM TER CINQUENTA CAIXAS AQUI...

— DESTRUÍMOS QUARENTA E NOVE.

JONATHAN?
HÃ?
SENTE-SE MELHOR?
AH, SIM. O DESCANSO ME FEZ BEM.
DESCULPE, MAS SOBRE A ÚLTIMA CAIXA...
ACHO QUE SEI ONDE ENCONTRÁ-LA.
ÓTIMO.
VOU REUNIR TODOS EM BREVE, NOVAMENTE.

VAMOS DAR INÍCIO AO ENCONTRO DE HOJE...

...MAS PRIMEIRO, MADAME MINA, PODE NOS DAR LICENÇA?

"LEMBRE-SE..."

UMA VEZ, ENCONTREI-ME COM O CARREGADOR DA TRANSPORTADORA.

ELE ENTREGOU CAIXAS NUMA MANSÃO, EM PICCADILLY.

"...É PARA SUA SEGURANÇA."

IMAGINO QUE TENHA CHEGADO A HORA DE ME RECOLHER, NOVAMENTE.

COMO DIZIA NO OUTRO DIA...

...TENHO DÚVIDAS SE É OUTRO COVIL, MAS...

...FOI VENDIDA RECENTEMENTE E FICA PERTO DE UMA CAPELA.

É O SUFICIENTE.

COMO ENTRAMOS NA MANSÃO?

- MAS JONATHAN TINHA AS CHAVES DA OUTRA.
- ENTÃO, INVADIREMOS.
- O LUGAR É CERCADO POR CAVALARIÇOS!
- SE ENTRAMOS NA OUTRA, PODEMOS ENTRAR NESSA.
- CONFESSO QUE NÃO VEJO COMO VAMOS ENTRAR...
- VAMOS DESCANSAR...
- DOUTOR SEWARD!

"...PENSAREMOS EM ALGO PELA MANHÃ."

— DOUTOR SEWARD!

— POR DEUS, HOMEM! QUE GRITARIA É ESSA?

— É RENFIELD. ELE...

— CÉUS...

RÁPIDO! ACORDE O DR. VAN HELSING!

AGUENTE FIRME.

SANTO DEUS!

PRECISAMOS REDUZIR A PRESSÃO NO CRÂNIO.

TODA A ÁREA MOTORA PARECE AFETADA.

DOUTOR...

EU TIVE UM SONHO...

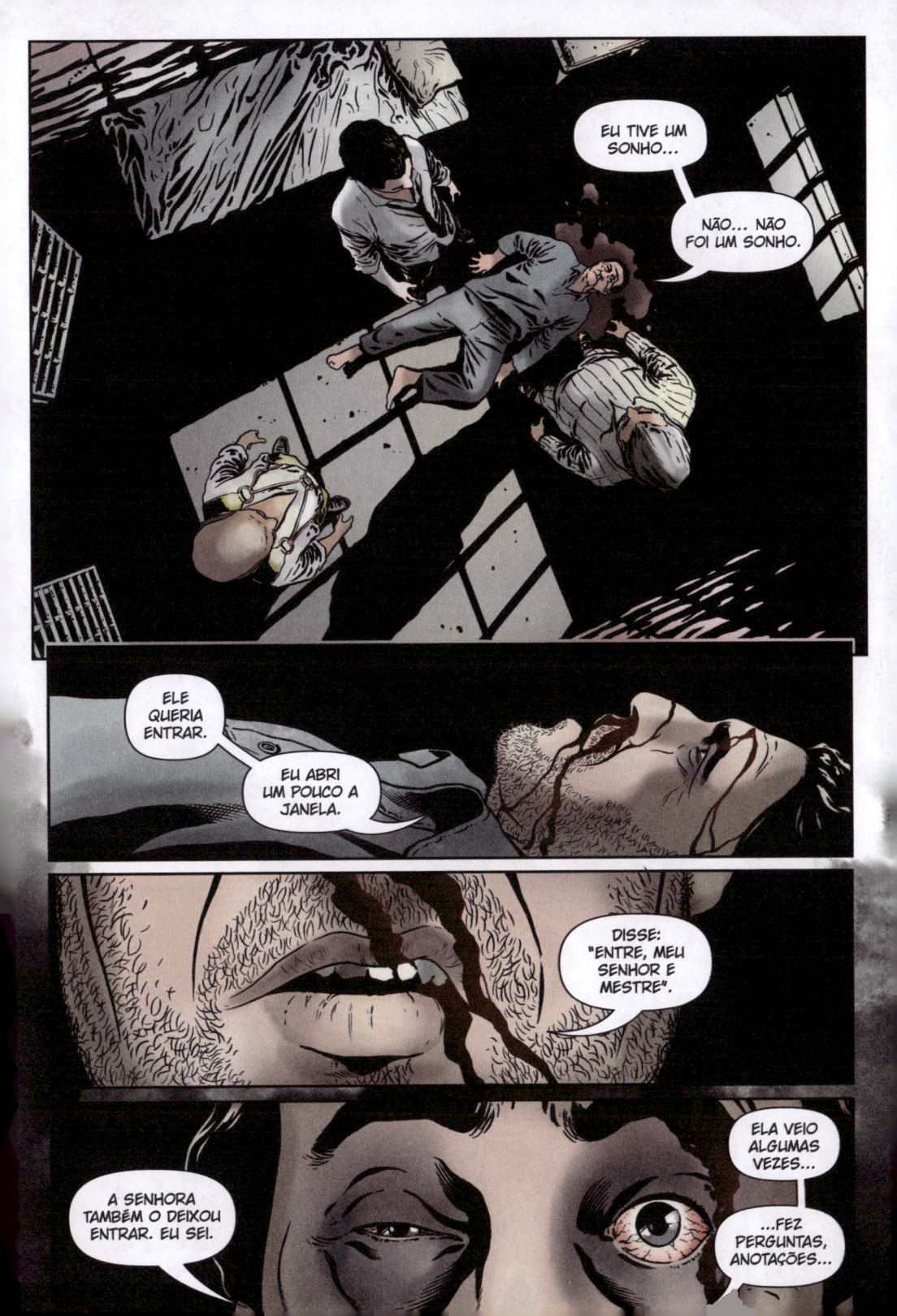

NÃO... NÃO FOI UM SONHO.

ELE QUERIA ENTRAR.

EU ABRI UM POUCO A JANELA.

DISSE: "ENTRE, MEU SENHOR E MESTRE".

A SENHORA TAMBÉM O DEIXOU ENTRAR. EU SEI.

ELA VEIO ALGUMAS VEZES...

...FEZ PERGUNTAS, ANOTAÇÕES...

"SÓ VEIO EM SUA COMPANHIA NA PRIMEIRA VEZ."
"NA ÚLTIMA, QUANDO SAIU, EU SOUBE."
"O MESTRE ALIENA SUA PRESA E A ENLOUQUECE AOS POUCOS..."
"...PARA SE ALIMENTAR DE SUA VITALIDADE."
"EU TENTEI TE AVISAR, DOUTOR."

"AGORA..."

"...É TARDE..."

VAMOS!

ACONTECEU DE NOVO.

TEMOS QUE ACORDAR TODOS E ENCONTRAR JONATHAN.

O DEMÔNIO ESTÁ ATRÁS DE MINA!

SLAM!

LARGUE-A IMEDIATAMENTE, MONSTRO!

SEU SER ASQUEROSO!
MORRA!
TUNC
BLAM!
FICOU LOUCO?!
ESTAVA NA MIRA, MAS ELE...
PODERIA TER ATINGIDO A SENHORA MINA!

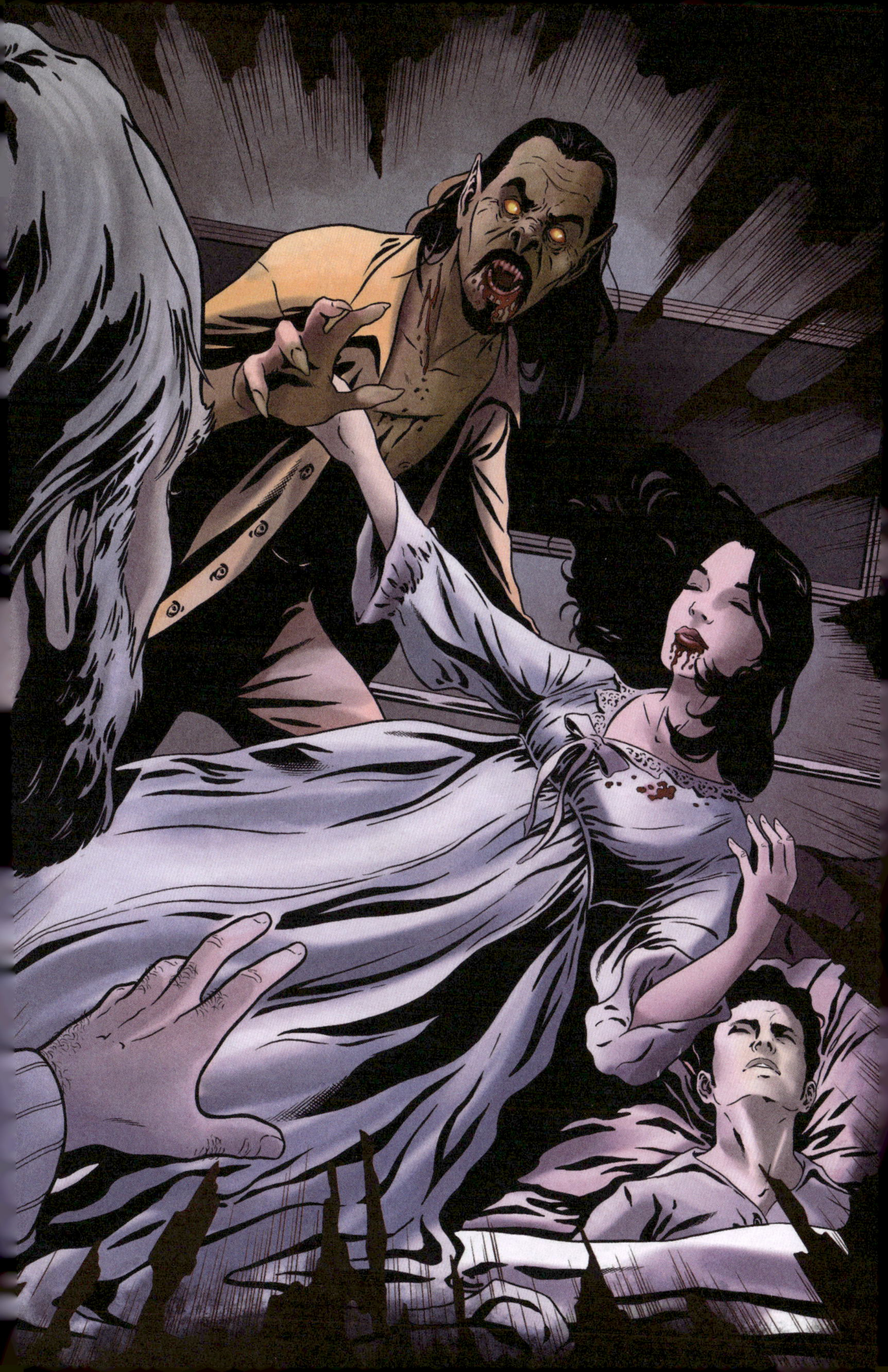

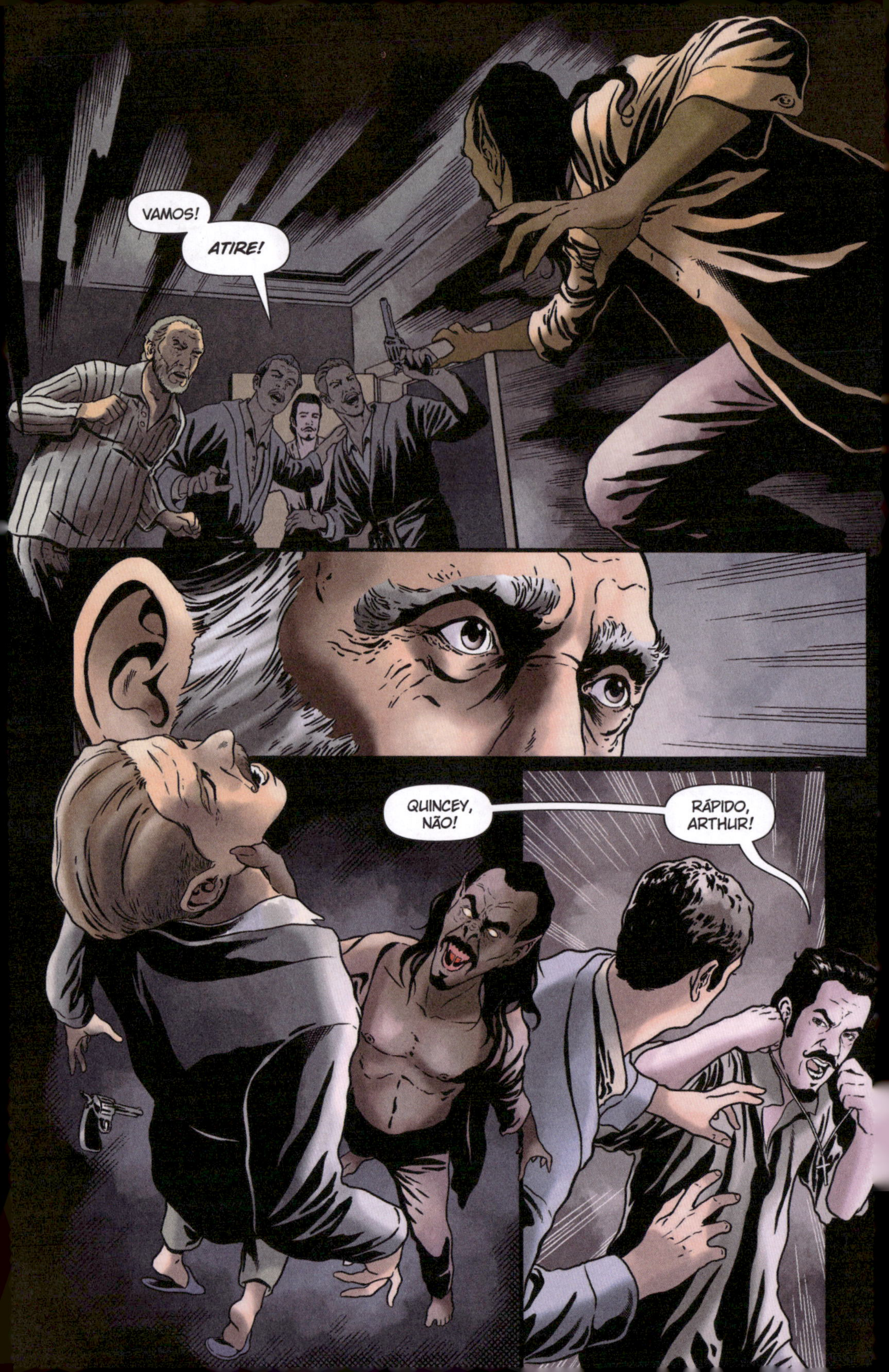
VAMOS!
ATIRE!
QUINCEY, NÃO!
RÁPIDO, ARTHUR!

AAAAH!

NÃO ERRAREI, DESTA VEZ!

NÃO HESITEM, HOMENS...

...EM DEFENDER SEUS ESPÍRITOS!

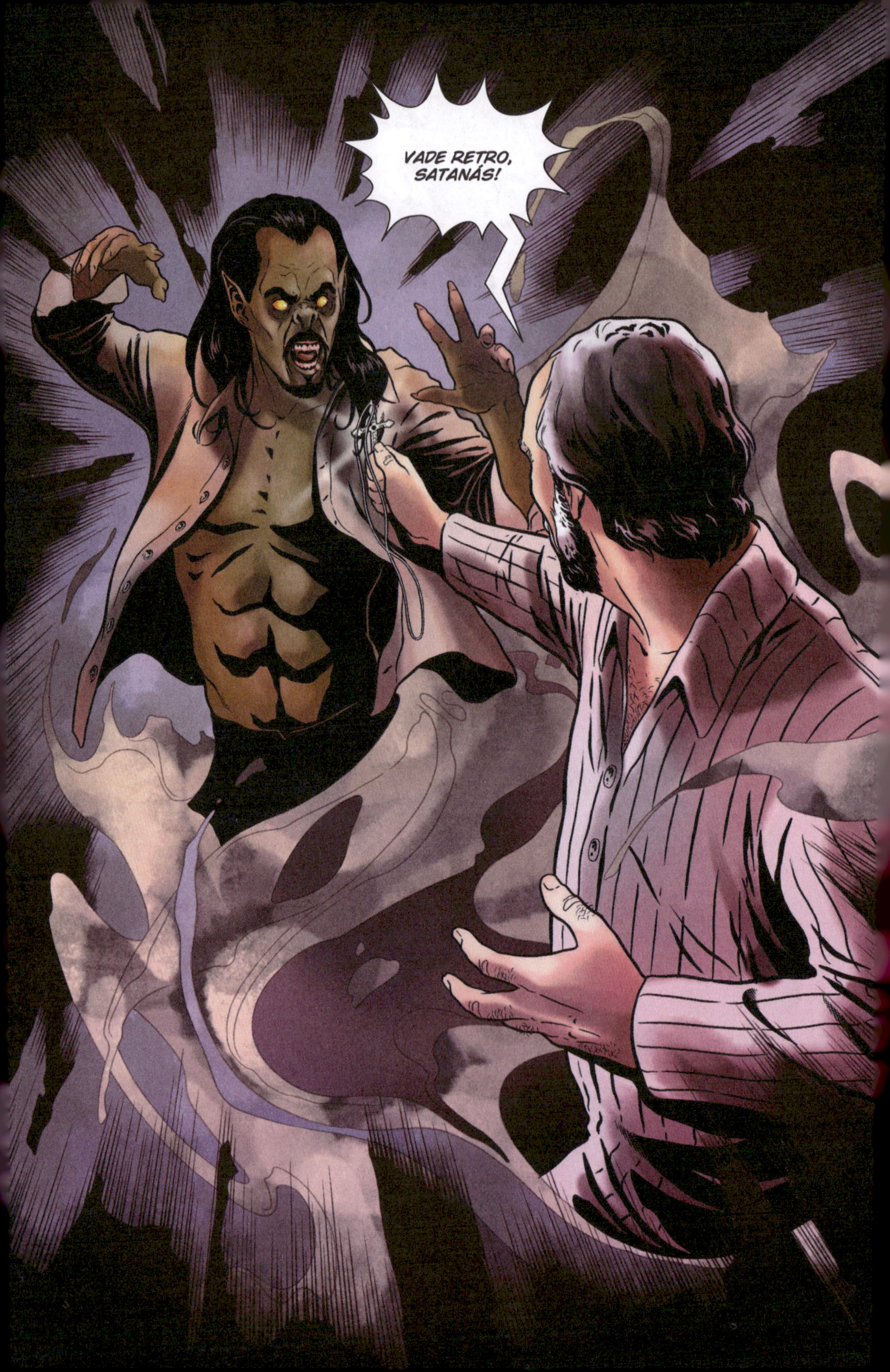
VADE RETRO, SATANÁS!

BASTARDO!
AONDE PENSA QUE VAI?!
REFUGIAR-SE NAS SOMBRAS...
...PARA LAMBER SUAS FERIDAS.
O PULSO ESTÁ ACELERADO.
SENHOR HARKER... MADAME MINA...
...NOS PERDOEM.

Para haver perdão, não deve haver segredos.

Por isso, contei o que o demônio me disse durante o incidente.

"QUANDO EU ORDENAR, VENHA! VOCÊ CRUZARÁ MAR E TERRA PARA ATENDER MEU CHAMADO."

PROFESSOR, ME HIPNOTIZE.

SINTO QUE ESTAMOS LIGADOS POR ALGUM LAÇO...

...E QUE MEU INCONSCIENTE PODE NOS GUIAR.

RESPIRE PROFUNDAMENTE TRÊS VEZES.
RELAXE O CORPO.
AGORA, FECHE OS OLHOS.
OUÇA MINHA VOZ E RELAXE SUA MENTE...
...FIQUE ATENTA AOS SEUS SENTIDOS.

"O QUE VOCÊ VÊ?"

"O QUE ESCUTA?"

"CONCENTRE-SE."

CZARINA CATHERINE

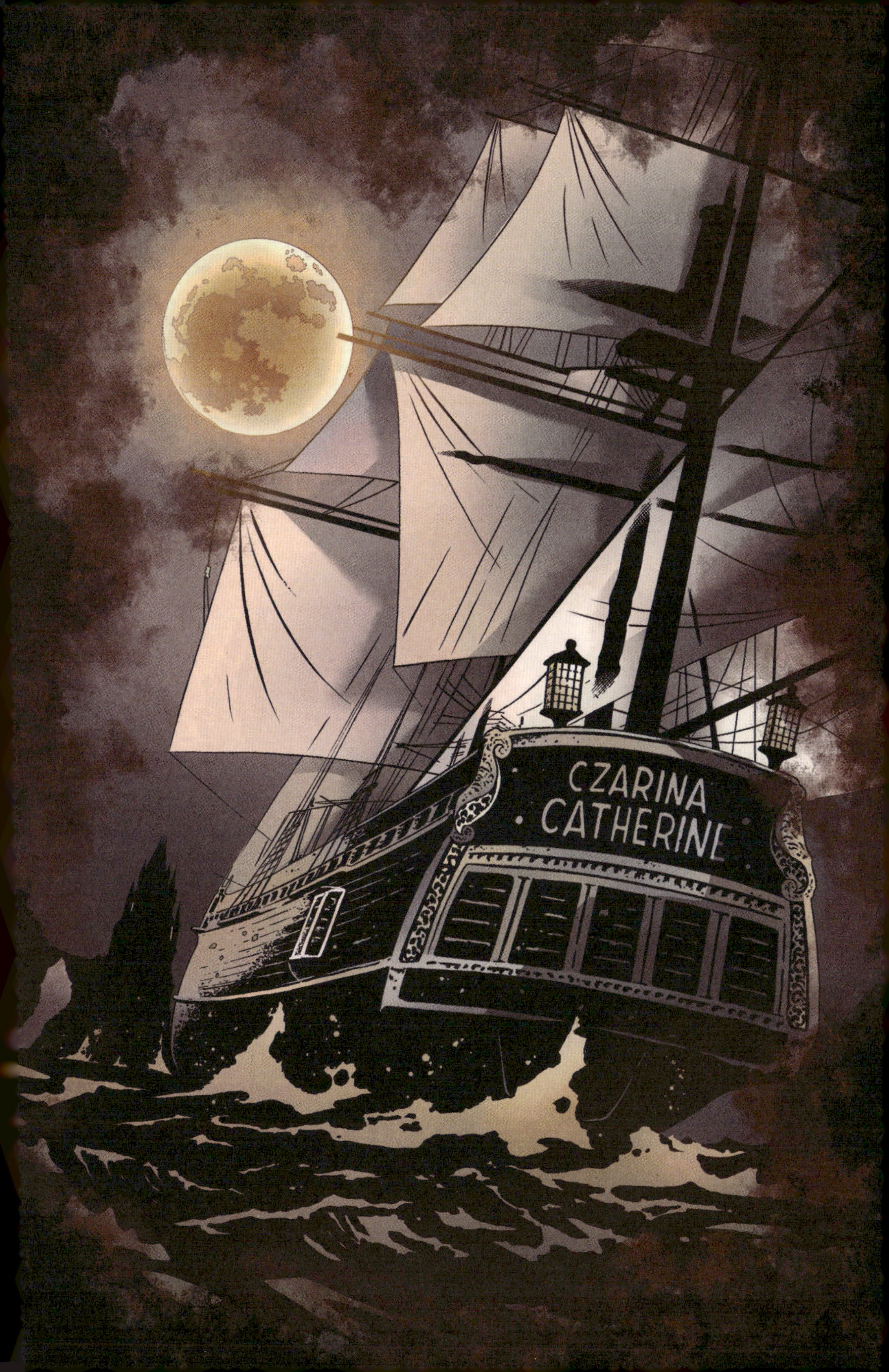
CZARINA
CATHERINE

ELE ESTÁ VOLTANDO PARA A TRANSILVÂNIA!
EU SABIA.
HOMENS, NOS ARMAREMOS E PARTIREMOS O QUANTO ANTES.
DOUTOR, ESPERE!

— DEVERIAM ME LEVAR JUNTO.

— MADAM-- ENTENDAM AS CIRCUNSTÂNCIAS, POR FAVOR.

— SEI QUE, QUANDO O CONDE MANDAR, TEREI QUE IR. SERVIREI COMO UMA BÚSSOLA.

— VOCÊ É UMA MULHER MUITO CORAJOSA.

— DEIXE-ME PROTEGÊ-LA O MELHOR QUE PUDER.

— COM SUA PERMISSÃO...

— ...EM SUA FRONTE ENCOSTO ESTA HÓSTIA SAGRADA, EM NOME DO PAI, DO FILHO E...

AAAAAHH!

...DO ESPÍRITO SANTO!

Ao longo da caçada, pela hipnose, descobrimos que Drácula deixou o navio.

Não consegui ver nada mais que escuridão e ouvir som de águas suaves.

Deduzimos que ele atravessou o mar.

Foi aí que nos separamos em três grupos.

Jonathan e Lorde Arthur seguiram de barco pelo rio...

...mas sua embarcação sofreu um acidente e eles se atrasaram.

Quincey e Seward seguiram a cavalo nas margens, para caso ele desembarcasse.

Eu e doutor Van Helsing viemos de carruagem, logo atrás.

Fomos os primeiros a chegar no castelo.

Decidimos nos arriscar apenas sob a proteção do sol.

Amanheceu e nossos cavalos estavam mortos.

Deveriam ter, pelo menos, três túmulos...

Sabíamos o caminho pelo diário de meu marido.

Se soubéssemos antes, não entraríamos sozinhos.

DEVEMOS PURIFICAR O AMBIENTE.

LOGO. ANTES QUE...

CRRRRR

ESCONDA-SE, RÁPIDO!

CRRRRR

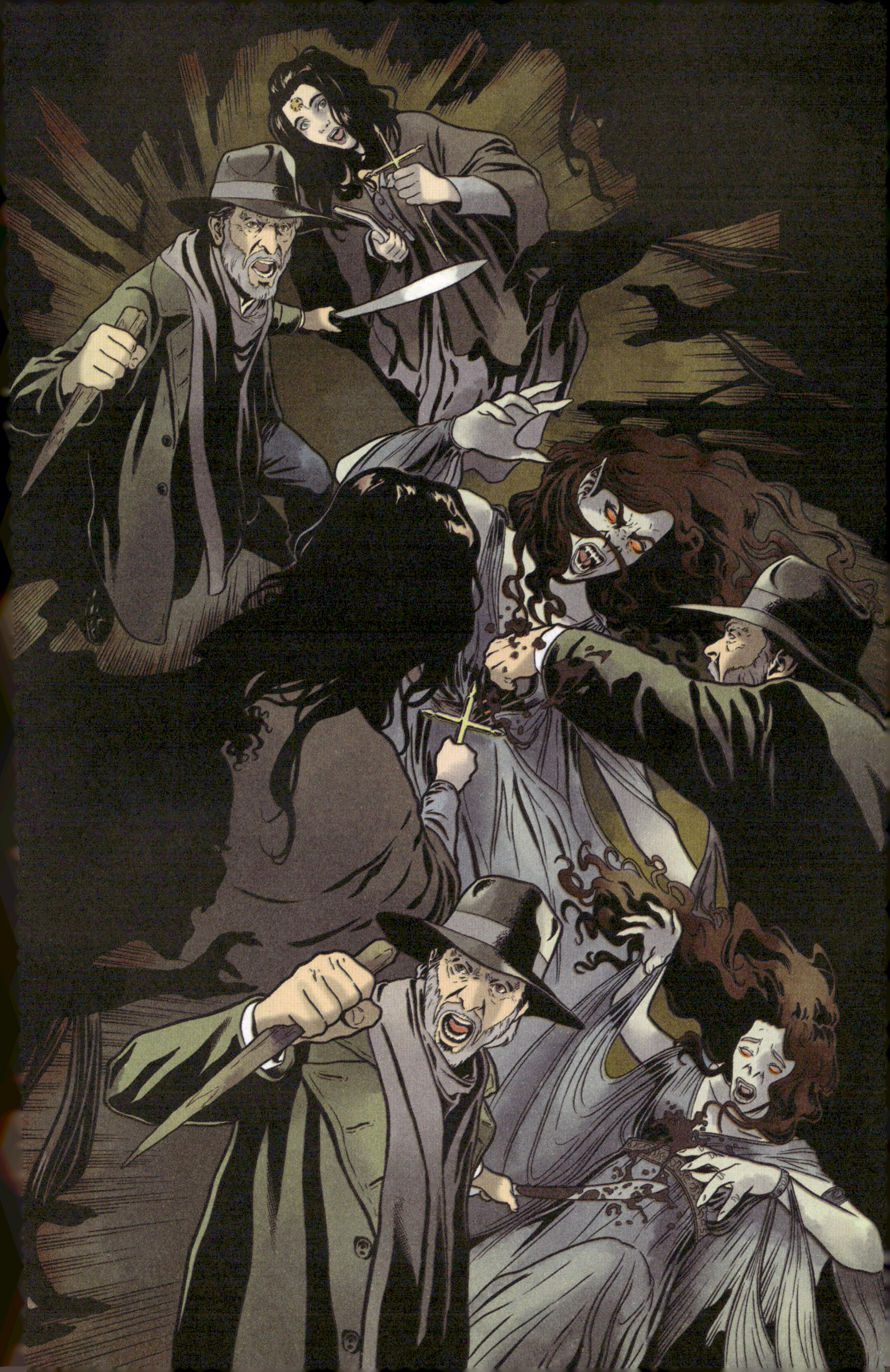

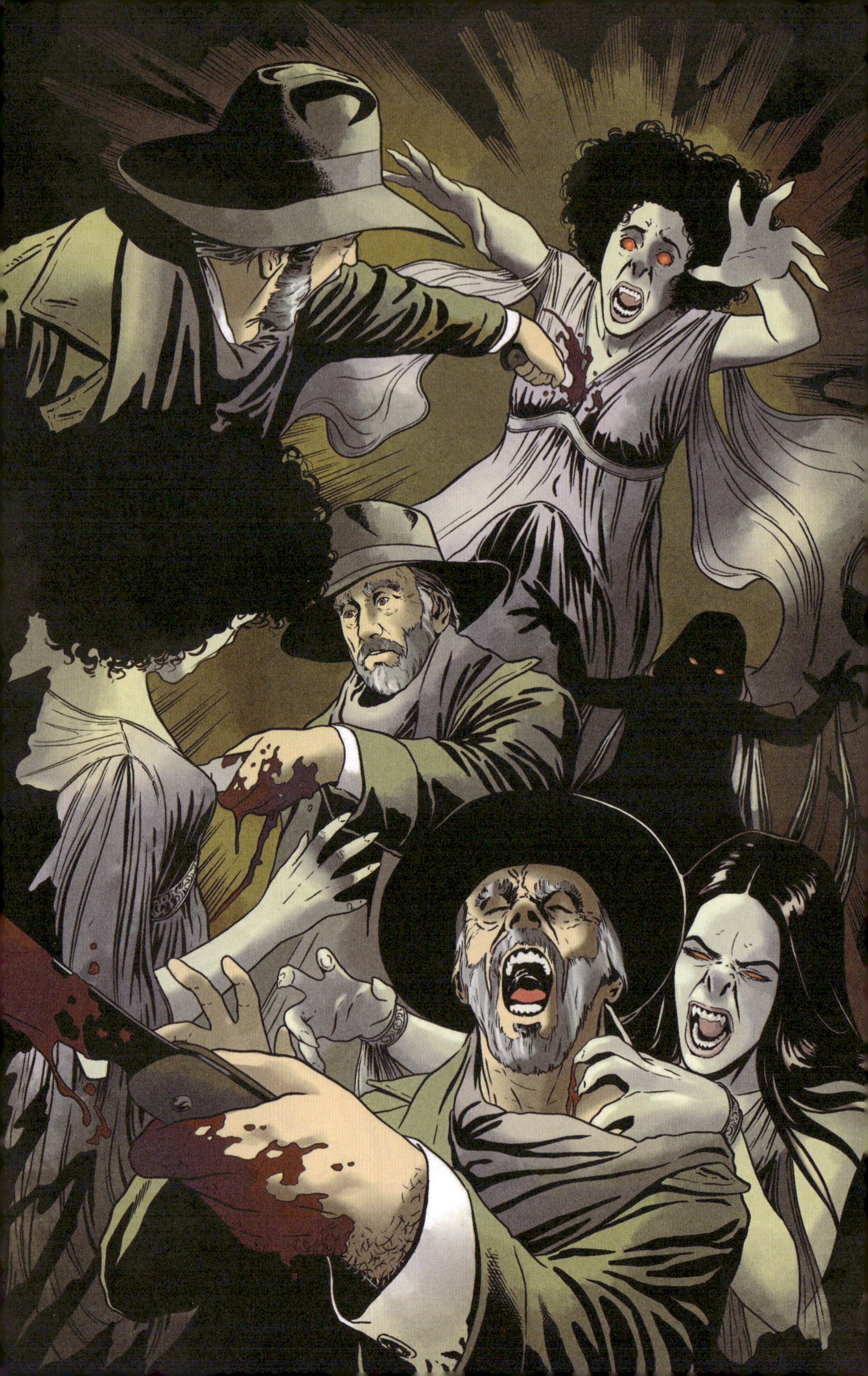

AHH!

MAS O QUE--

EU LHE GARANTO...
SENHORA HARKER... NÃO!
...QUE SUA ALMA SERÁ LIVRE...
...IRMÃ.

MADAME MINA, ESTÁ BEM?!
DOUTOR... SINTO-ME TONTA.
CÉUS.
RESPIRE LENTA E PROFUNDAMENTE.
QUERO AJUDAR...
ME AJUDE MANTENDO-SE CONSCIENTE!
ELES CHEGARAM.

— ALTO, MALDITOS!

— ELES NÃO NOS COMPREENDEM!

— COMPREENDEM, SIM! SÓ NÃO QUEREM PARAR!

BLAM! BLAM!

BLAM!

CLAC

NÃO SAIA DO CÍRCULO POR NADA!

E NOSSAS WINCHESTERS?!

SERÁ QUE *ISSO* COMPREENDEM?

BLAM!

BLAM!

BLAM!

BLAM!

RÁPIDO, JONATHAN!

NA CARROÇA!

BLAM!

DOUTOR...

VÁ LOGO!

DOUTOR...

BLAM!

O QUE HOUVE, MADAME MINA?

NÃO SINTO MAIS O FRIO DA NEVE.

TUDO BEM, DOUTOR?
NÃO. SE NÃO FORMOS LOGO, VAMOS PERDÊ-LA.
RÁPIDO! DESTRUA A CAIXA!
JÁ SEI, JÁ SEI!

TE PEGAMOS...

O QUE ESTÁ FAZENDO, HOMEM?!
O MONSTRO FINALMENTE ESTÁ VULNERÁVEL!
MATE O DEMÔNIO!
ANTES QUE AS BALAS SEJAM INÚTEIS...
NÃO PODEM...
NÃO PODEM!

NÃO CEDA, MADAME!
CALADO!
NÃO PERMITIREI QUE--
MINA, RESISTA!
AAAAAHH!

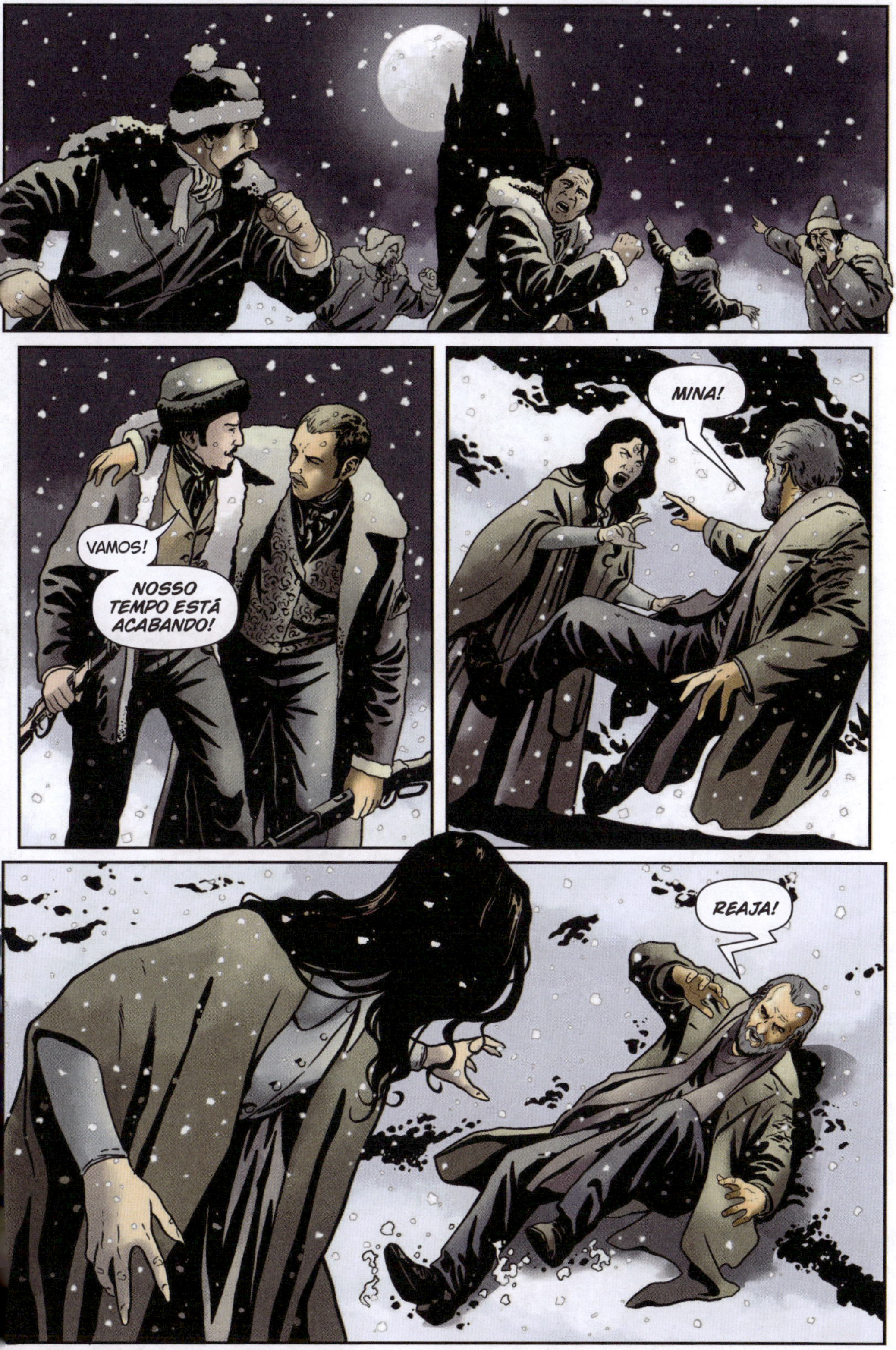
VAMOS!
NOSSO TEMPO ESTÁ ACABANDO!
MINA!
REAJA!

MINA?!

CLAC! CLAC!

MALDITO...

DEIXE-NOS EM PAZ!

VENHA PARA MIM!

NÃO DEIXE QUE ELE A CONTROLE!

PROCURE--

BASTA, HOMEM PROLIXO!

MINHA MINA...

BLAM! BLAM!

O QUINCEY...

ELE NÃO VAI...

CRASH!

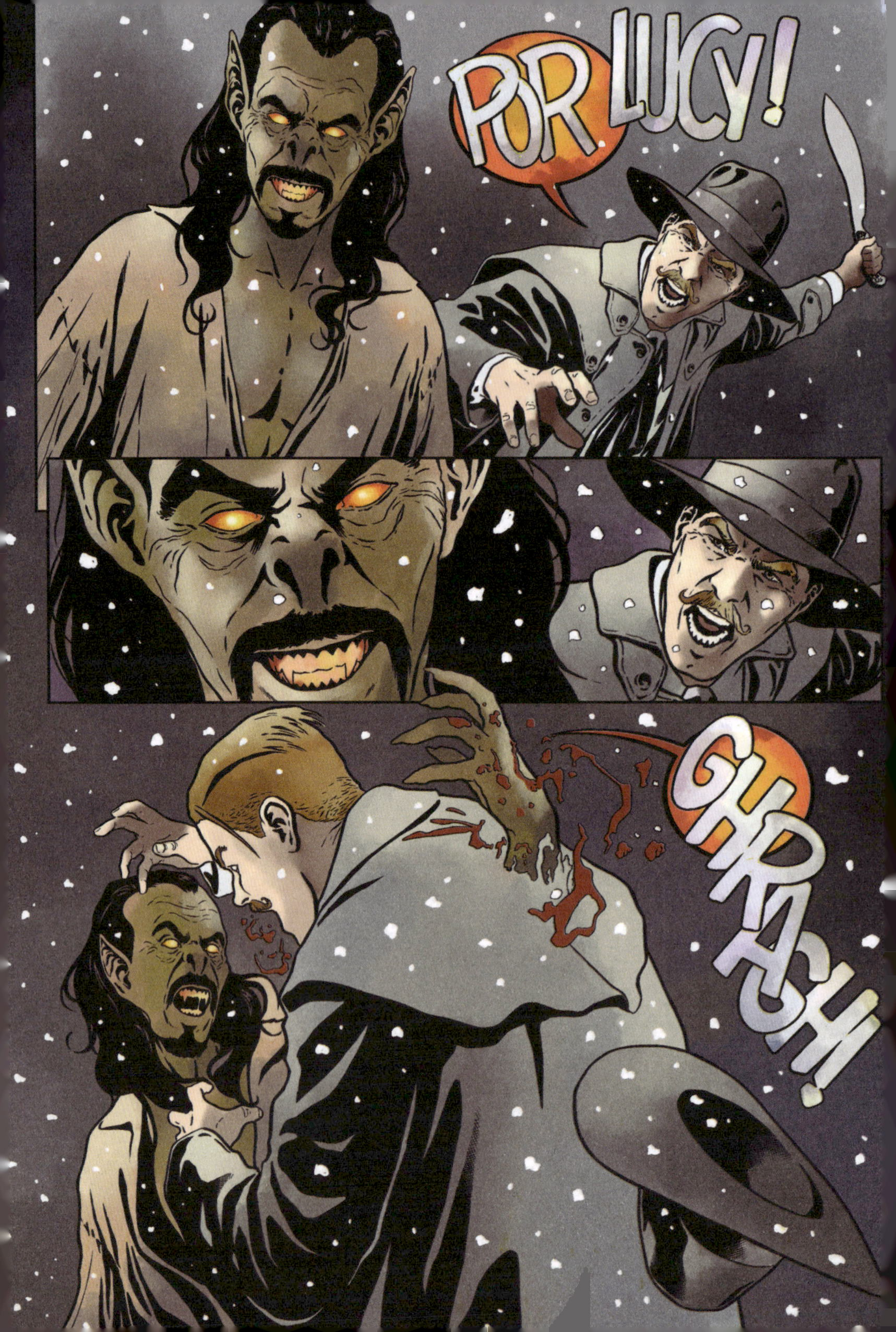
POR LUCY!
GHRACH!

...SANGUE DO MEU SANGUE...

ME OUVIU ATRAVÉS DOS MARES...

MINA...

...ISSO SIGNIFICA...

...QUE ME ACEITAS?

JAMAIS...

...MEU "MESTRE".

Sei que não nos esqueceremos daquele terror...

...mas nós sobrevivemos a ele...

...todos menos Quincey.

Não baixamos a guarda até chegarmos em casa.

Em Londres, permitimo-nos sentir o luto por Quincey.

Estamos vivos...

...e sei que, um dia, terei que aceitar a morte.

Um dia...

...mas, por ora...

...até breve.

CAROLINE FAVRET
Roteiro e balões

Formada em Letras pela USP, é cofundadora do selo Outside.co e da editora Visceral. Desde 2019, atua como roteirista de histórias em quadrinhos, destacando entre suas publicações as graphic novels *A Cabana* - em coautoria com Caru Moustsopoulos e ilustrada por Gustavo Novaes -, indicada ao Troféu HQMix, e *Olhos de Quimera* - em parceria com a ilustradora Harumoony -, contemplada pelo ProAC SP. Atualmente, além de autora, é editora na Devir Livraria.
Instagram: @cafavret_

CARU MOUTSOPOULOS
Roteiro

Editora e roteirista independente. Coautora de *A Cabana*, indicada a 5 prêmios HQMIX, e roteirista de títulos como *Tempo da Camisolinha, em Contos Novos, de Mário de Andrade e A Guará no 12º volume do Almanaque Guará*. Editou de obras independentes como *Rockabilly Blues, Olhos de Quimera e Afeto*, e atualmente é uma das editoras de *Panorama*, obra contemplada pelo ProAC SP.
Instagram: @carumoutsopoulos

WANDERSON DE SOUZA
Desenho e arte-final

Ilustrador, quadrinista e professor de desenho. No selo Zapata Edições ilustrou: *KM Blues, Sobre o tempo em que estive morta, Fronteiras e Nanquim Descartável*. Para a Editora Nemo desenhou: *Sonhos de uma noite de verão e Herança Africana no Brasil*. Para o Selo Principis ilustrou: *O médico e o monstro, Contos Novos e O morro dos ventos uivantes*. Também atua como ilustrador para livros didáticos.
Instagram: @wanderson.arts

AL STEFANO
Cor

Ilustrador e quadrinista, atua há 30 anos no mercado editorial e publicitário. Desenhou livros didáticos para FTD, Moderna, Saraiva, Abril, Ática, Paulinas e Ediouro. Em literatura infantil, ilustrou para grandes autores, como: Ruth Rocha, Walcyr Carrasco e Ivan Jaf. Nas HQs, escreveu e ilustrou: *As Aventuras Coloniais de Mineirão e Zé Bonfim, Salseirada, Piratas do Cangaço e Em cantos da mata*. Também ilustrou os quadrinhos: *O Fantasma da Ópera em São Paulo, Tempo Discos, Por mais um dia com Zapata, São Paulo dos Mortos, Orixás*, entre outros.
Instagram: @alstefano

DANIEL ESTEVES
Edição

Roteirista, editor e professor de HQs, criador do selo Zapata Edições e do curso HQ em FOCO. Escreveu: *Último Assalto, Sobre o tempo em que estive morta, Por mais um dia com Zapata, Fronteiras, KM Blues, São Paulo dos Mortos*, entre muitas outras.
Instagram: @zapata.edicoes